只有貓知道

給他貓下去 4

蔡有利 채유리 —— 著　尹嘉玄 —— 譯

相信有不少人都知道我們了，
但一定也有人是從這一集開始看，
所以請容我簡單向各位介紹一下

是我。

嘿嘿，
很多人說
我是童顏。
（只有在漫畫裡…）

唔…

應該收
曝光費的…

這兩位是我爸媽。

然後以下是我的主角們。

博多和查古　2003年生，
大邱市某巷口出身的親姊妹。

巧可

2004年生，
水源市某倉庫出身。

波比　2009年生，
釜山某圍牆出身。

博多（♀）

查古（♀）

巧可（♀）

波比（♂）

1.家裡的小霸王

 這是我的位置 🐾

坐落在房間角落的貓塔
最上層位置，

咕嘟
咕嘟

是平常巧可最愛的寶座。

不過，有時候…

探頭

從現在起，
那個位置是我的。

嚇一跳

盯盯盯盯盯—

博多會覬覦那個位置。

通常只要博多想要的位置，
最後都會被她得逞。

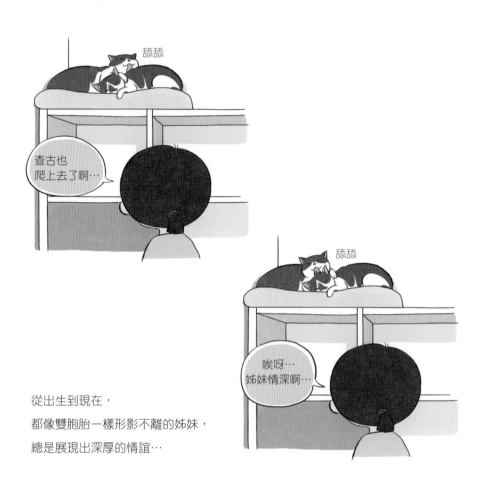

從出生到現在，
都像雙胞胎一樣形影不離的姊妹，
總是展現出深厚的情誼…

…但其實並不然。

哼　　　　踩踩

博多勝！

這局沒有大逆轉。

只是個體格壯碩
的胖子嘛

姊姊們
好好笑

雖然博多平常對查古疼愛有加，
但是唯獨只有位置絕對不會讓給她，
最多只能一起共享。

打完架再過一陣子…

就會發現這兩隻又黏在一起。

總之就是
兩個無聊的傢伙…

是吧？

那明明是我的
位置，她們在
那裡搶個屁。

有一段期間，她們為了那個位置

不停上演著這齣搶奪戲…

呼…

看來是又不喜歡了。

結果博多似乎又對那位置
沒興趣，不再過去了。

這可是我好不容易找回的位置…

呿…

這傢伙怎麼這麼快就厭倦那個位置了。

那個位置剛剛好的說…

呼…

總之，那個位置應該又會持續一陣子是專屬於巧可的了。

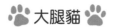 大腿貓

只要是自己喜歡的地方，
不管哪個位置都可以占為己有的博多。

而在她百坐不膩、
經常使用的位置當中，
有一處便是我的大腿。

不論是工作時…

還是吃飯時…

摸摸　　　拍拍

坐在沙發上的時候也是，

18

只要她想要，隨時隨地都會
爬到我的大腿上呼嚕。

我們家唯一的大腿貓。

查古、巧可和波比，則是從來都沒有
爬到我大腿上呼嚕過。

總之，不管她體重有多重，

我很感謝有一個小生命喜歡坐我大腿這件事。
儘管我的大腿會變得明明是我的卻又不像是我的，
我依然無法將這隻胖妞從腿上推開。

2.不讓你們無聊

不論人類還是動物，
都會經歷這麼一段時期…

光是看到落葉滾動就會笑個不停，
將隨意揉成球的紙亂丟也覺得有趣…

嗯，當然，
也會有像我這種打從娘胎起
就懶惰的人…

超過預產期一
個禮拜了，怎
麼還不出來

好懶得
出去啊…

聽說因為我一直
遲遲不肯出來，
害媽媽吃了不少苦…

但總而言之，
基本上只要是體驗過
各種玩具和遊戲方式的成貓，

心理和生理都難免會變得懶散乏味、興趣缺缺
不再像小時候一樣對萬事萬物感到新奇有趣。

沒有新鮮事…
好無聊。

就連原本看到貓釣竿會特別興奮的波比，也隨著年紀增長，變得需要一點助興時間。

啊，
手好痠…

本來不用搖
也會自己撲過來的…

雖然也想搬去有
庭院的住宅，但
又沒那個本錢…

對於這些小傢伙們來說，
生活有時也需要
一點新刺激。

🐾 危險的木天蓼 🐾

如果想要輕鬆讓貓咪嗨起來，
也可以使用貓草或木天蓼等
貓咪用提振精神類（？）植物。

（不是非法也不是有害的哦）

唔…

←買貓飼料時送的
木天蓼粉

孩子們，
吸毒時間到囉～

Come on
Come on～

灑灑

嗅嗅

寶貝們…
喜歡嗎～？

心情嗨倒不是問題…

聞聞

哈啊～

翻滾

目中無人才是問題。

波比!!!

這傢伙成了流氓！

都給我滾開!!
這裡是我的地盤!!

這小子!!

大頭呆
竟敢咬我！

他是
瘋了嗎…

千萬別跟瘋子認真…

這東西
太刺激太暴力了…

看來要再找其他
健康一點的新玩意兒了…

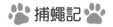
捕蠅記

嗡～

啊！有蒼蠅…

小時候住鄉下時，
家裡有幾隻蒼蠅是很
稀鬆平常的事情…

但是自從在公寓住久了以後，
反而變得對一隻蒼蠅都會特別敏感。

噁…
討厭的蒼蠅…

嘶嘶嘶嘶

呃…

好吧…
就交給波比處理。

可以當成他的新玩具也好，

雖然感覺那小子
也不是很認真在抓。

嗤嗤嗤嗤嗤

既然趕不出去又抓不到，
乾脆給波比當獵物追吧。

就在那邊啊，
你在看哪裡啦。

?   ?

張望

左右

跑哪去了？

只玩過貓釣竿的貓咪。

29

連續好幾天都白費力氣的波比。

結果，某一天，
波比終於…

嚼嚼…

呸…

咦？！！

波比！！

喵～

你抓到了！！

雖然對於陣亡的蒼蠅有些抱歉，
但我還是向狩獵成功的波比
好好恭賀一番。

辛苦波比囉～

我們家的波比先生，
還會抓空中的蒼蠅，
棒棒哦～？

嘻

捏緊

因為不好吃
所以吐出來嗎？

也是啦…蒼蠅的味道
確實苦苦的…

媽咪瞭解…

小時候…

晚上睡覺時

🐾 紙箱滑雪遊戲 🐾

ㄎㄎ這好好笑…
感覺會很好玩～

我在網路上偶然看到一位網友，
上傳了一張將貓放在紙箱裡，綁上一條繩子拖行的照片，
於是我也決定來試試。

小時候
我也很喜歡玩這遊戲的說…

綁緊

嘿咻～

雖然博多好像對於阿媽飛快行駛的
速度感到有些錯愕…

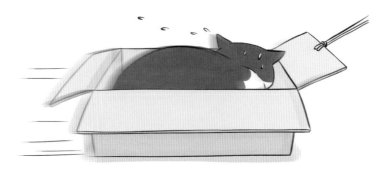

但她應該還是覺得有趣。

多貓家庭有一個好處是…
不管嘗試多麼無聊的事情，
至少都會有一兩隻願意配合。

比人類成長速度快好幾倍的小傢伙們，
希望在他們短暫寶貴的生命裡，每一刻都可以幸福快樂。

完

3.我需要睡眠

好睏…

來睡了…

喀啦

雖然我的睡眠需求量算大，

但是自從和貓咪同居以後，

就變得不易入眠。

啊⋯差點被那隻
胖子壓死⋯

哎唷，我的肚子⋯

有時睡到一半會被踩醒⋯

好不容易再度進入夢鄉，

又會不停傳來各種聲響⋯

就算想要改成早點就寢，

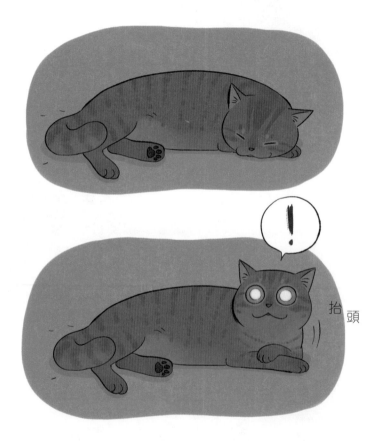

抬頭

也會因為每晚都會被不知什麼東西附身
的波比而難以入睡。

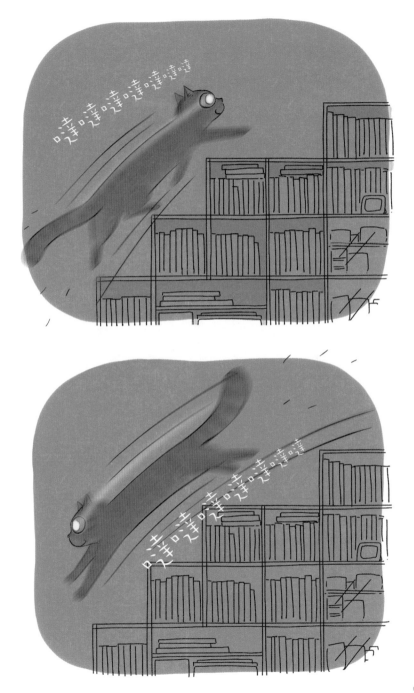

正因如此⋯

我會一直睡睡又醒醒⋯

無法有一段完整的睡眠。

當然，有時候真的非常累時，

就算貓咪們把房間弄得天翻地覆，

我也會睡到不省人事，

但那也僅限非常累的時候，
所以要當成例外。

呼啊～

唔…

很好…

不過，我早已習慣這樣的睡眠模式，
所以就繼續這樣生活著。

直到有一天，
我為了去見一位大邱的朋友，
必須住在旅館一晚。

嗯…
好像真的好久
沒有一個人
獨自睡覺了…

哈～有點興奮～

我享受著沒有任何人
打擾的獨處時光。

唰唰
唰唰

啊哈－
我要好好看一部
電影再睡～

呼…

看完電影，大約凌晨兩點
左右上床睡覺。

所以
我是一口氣睡了
六小時囉？！

都沒有作夢！！
中間也都沒有醒來？！

我當時才發現，

哇，太棒！
原來熟睡是這種
滋味啊！！

神清氣爽

原來自己的睡眠品質一直都沒有很好。

旅館好讚啊～

看來如果需要
一覺到天亮，來
外面住一晚也是
不錯的選擇嘛～

房間也超大…
要是我的房間能有
這麼大就好了

塗　　　塗

但是，要是這樣說，

那就和貓咪分房睡啊！
這房間還有床呢！！

真是…

更衣間

← 這間房裡有一
張還堪用的古
董床，平常我
和貓咪們用的
是床型木板。

一定會被媽咪這樣念，

唉…
那他們就會一整晚在
門外哭個不停了。

全都站在門外等我，
怎麼可能睡好覺…

唔…

喵～
喵～

喵嗚～

砰
砰

那就讓他們養成和你
分開睡的習慣不就好了！

養小孩也要懂得
保持理性啊！

天啊…怎麼能說出
那麼可怕的話…

居然要我和
寶貝們分房睡…

比起沒有他們的一覺到天亮，
就算睡得斷斷續續，
我更喜歡和他們一起睡。

嘻嘻～

還有…

無法避免的，就試著享受吧。

這樣玩一陣子之後…

附在波比身體裡的那個
東西就會自動離開。

就算睡得不香甜又如何，

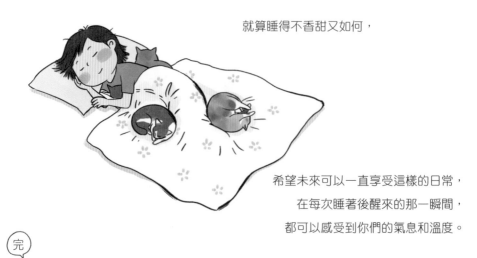

希望未來可以一直享受這樣的日常，
在每次睡著後醒來的那一瞬間，
都可以感受到你們的氣息和溫度。

完

4.如果他們是人類

有時我會想像，

如果他們是人類，

會是哪些角色。

呼…

ＺＺ

先從查古開始！

清純可人，
渾身散發著女人味，

有著光亮柔順的毛…
噢不，是頭髮！

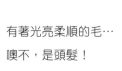

光亮

光亮

她的名字是「長髮查古」！

原作：格林兄弟的
《長髮公主》

雖然說頭髮長度和髮質狀
況毫無關聯，但就自動忽
略跳過吧。

然後博多應該是…

帶有強烈使命感的超凡魅力！

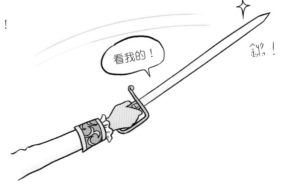

分不清是男還是女（公還是母）
的中性魅力，

她的名字是「博斯卡」!

肉乾
好好吃

原作:《凡爾賽玫瑰》
裡的「奧斯卡」

那麼，接下來是巧可。

可愛外表下隱藏著
凶猛野獸的本能，

喀啦！

看似粗野實際上很純情，

她的名字是「小巧」！

原作：《魔法公主》裡
的小桑

然後最後一位波比是⋯

短粗的雙腿

茂密的毛髮⋯

再加上寬大扁平的臉…

嘿～

毫無違和感，完全就是波比！

原作：《未來少年柯南》裡
　　　的「波比」

然而，有點掉漆的是…

長髮查古經常吃飯吃太急，
不分時間地點嘔吐。

博斯卡是⋯

呼一
又是累死人的一天⋯

彈出

只要拆掉束腹，
肚子就會跑出來。

小巧則是

拖拖拖…

肛門
髒髒的…

冒汗

拖拖拖…

有時會在地上滑屁股…

然後波比是只要我一進浴室，

嘩啦—

就會在門口呈現
這副德性。

搓搓

搓搓

呃…

只能說
很慶幸你們是貓咪…

哈～

長髮查古喜歡在
窗邊曬日光浴～

呃啊～
雖然肚子那段實在太丟
點，但不得不承認…

等、等等…
我的那段…
應該會讓讀者們反胃吧…

這人真是…

呼し！

快還我完美形象！！

完

5.感人的祖孫情

某天早晨。

好…好香的味道！！

鼻孔張大

前一天熬夜，
呈昏迷狀態

呼⋯

嘖，好吵

喵嗚～

快點給我
起來！！

阿媽正在煎
非常好吃的
東西耶！！

呀吼～

嗚⋯

呼嚕～

太可憐了…

來一波比，
啊～阿媽給你。

你想吃，
但是媽媽
不起床是嗎？

唉呀～
這些傢伙
要是沒有
媽媽多可憐啊…

啊～

還有
某一天早晨。

以及，不久前…

翻滾
翻滾

嘻一
靠近一
撫摸
嘿咻～

越來越喜歡毛茸茸大頭孫的阿媽。

6.理想的貓居

一轉眼，

和貓咪們生活在釜山已經好多年。

呃…

…時間怎麼
過這麼快？

呵…
掰掰了，我的青春。

回想當初

住在小到不能再小的
首爾隔間雅房時期

就算來到釜山，也必須
被關在房間裡的時期

雖然現在過的是超豪華生活，

但畢竟人類的欲望無窮⋯
心裡難免還是有一些遺憾。

小時候住在山坡上的透天厝時，
我經常這麼說。

公寓？
人要怎麼住在
那麼小的地方？
也太可憐…

雖然自從高中住在溫室裡以後，
徹底改變了這樣的想法…

能住公寓很不錯
了，只要空間寬敞
一點就別無所求…

皮膚病
一直不好…

搔癢…

每晚睡覺都會
被鬼壓床…

很喜歡外面的田
園，但內部居住環
境有諸多不便。

然而…多少還是會有些懷念，

隨地鋪一張墊子在上面
打滾的悠閒時光，

仰躺在草地上
欣賞藍天上緩緩飄移的白雲…

哇一是馬耶！！

家門口每年都會結滿
香甜果實的杏桃樹；

以及只要打開大門就會盡收眼底的

樹木、森林和山巒，

還有滿天星空…

等到秋天
應該可以看得更清楚…

那些懷念的風景⋯

好想讓我的寶貝們也可以
享受那些美好風景⋯

只能讓他們看

公寓停車場，實在有點愧疚⋯

要是把貓咪們放車上，
每天像是在旅行一樣過生活
不曉得怎樣？

不論是去海邊…

山上、草原…

還是夜晚星空下⋯

都一起行動，
隨處停靠，

我畫著畫，
寶貝們則是在美麗的風景中打滾⋯
睡懶覺⋯

天啊！太棒了～

所以是不是應該
要先來複習一下開車呢？

噗通

← 16年無事故駕駛執
照（從未開上路）

欸…？等等…

而且也可能會把
貓咪們搞丟…

可是空間應
該很小吧？

他們會不會其
實更喜歡待在
家裡呢…？

算了…
還是先保留。

唉…果然，
還是去找
有庭院的房子
最實際…

這人又在
想什麼…

因此，我的願望距離實現
還有一段很長的時間，

*請參考網路漫畫
「Ongdongs」
（作者Snowcat）。

每當看見有人已經實現我心中的願望時，

就會再次撩撥我那好不容易沉澱下來的心情。

好吧，

與其去煩惱那些還不能立刻執行的事情，

不如想辦法享受當下。

其實我有點耳背

也有點少根筋，

所以和人溝通時不是很順暢，

經常會面臨這樣的窘境。

就連動物也不例外。

一直以來，

覺得動物的尾巴非常神奇

我經常會感到好奇，

究竟有尾巴是什麼樣的感覺？

不管我怎麼扭動屁股，
都沒有辦法想像有尾巴的感覺。

對於貓咪來說，
尾巴扮演著維持身體平衡的角色，
同時也是展現心理狀態的方式。

像這樣，
他們會隨著不同情況和心情，
用不一樣的搖擺動作來表達當下情緒。

除此之外，從很久以前，
查古就已經領悟到與其用說的，
不如直接用行動表達更快，
學會了用丟擲物品（？）來和我溝通…

巧可則是用身體
來表達自己的心情。

有別於查古和巧可，
波比和博多是屬於話多的貓咪⋯

那本書
我放到哪裡去了⋯？

喵嗚

跟屁貓

⋯還是在房間？

喵嗚嗚

呃啊〜吵死了！！

感覺耳朵旁邊
一直有鳴笛聲⋯T.T

喵嗚嗚

波比會一直跟在我後面，
不斷發出喵聲直到滿足他的心願為止。

跟屁貓

115

然後博多是…

不論有沒有人在聽，
平常就是話很多。

包括獨自在陽臺的時候…

在黑漆漆的廁所裡，

偷偷進到
貓咪止步的阿公阿媽房也是…

就連吃了
貓草以後想吐的時候也是…

還有幾年前，在教訓剛加入
團體的波比時…

她都會看情況、看心情…
發出不同的說話聲。

總之，
雖然不完全能聽懂
博多所說的話，

咦？你想要
上來嗎？

來吧－

啊？
想要吃貓草嗎？

憑感覺回應幾次之後，

大概就會知道
她在說什麼了。

我每次都是
憑感覺在猜他們的心，

反而是
他們更能讀懂我的心。

…這小子…
有聽懂我說話？

波比很乖有等媽咪，
所以今天特別給你加一些
你最喜歡吃的鮭魚。

· · · · ·

啊一
吃好飽。

喵嗚～

雖然我們之間
很有可能是在雞同鴨講，

啊嗚～

今天天氣
真好啊～

嗯？要我幫你
擦屁股嗎？

但是，
只要我們的心靈相通就足夠了。

完

感覺博多比以前更會欺負查古了。

應該是剛才吵架時
被博多的指甲刮到。

上一秒還在揮拳互毆彼此，
下一秒馬上就變得甜蜜蜜的傢伙們。

從出生到現在，生活在一起十多年的親姊妹。

前陣子收到的禮物——洞穴式貓窩

哼。

唔…我也好想
試躺看看…

小傢伙們都很喜歡。

根本就是女王嘛…

不過，果然還是博多占據最多時間。

能夠共用那個貓窩的人，
同樣還是只有查古。

十多年前，
決定收留博多真的是做對了。

雖然我不敢保證，
能夠守護你們一輩子，

怎麼辦…
該不該把博多
送養呢…？

什麼？
不可以…

我來養博多好了。

要是她們分開了…
查古可能就不會有
博多這種好姊姊…
博多也可能遇不到
查古這種好妹妹了。

但至少，
我可以讓你們一起生活，
永遠不分開。

而我之所以能夠做出這樣的決定，
也是因為看過她們在一起時的歡樂模樣。

嗯…很好…
非常好…

但我也不得不承認，
有段期間，查古在我心中還是排在博多前面的。

我的小寶貝查古～

博多…
也是我的小寶貝…

直到有一天，
沒記錯的話應該是聖誕節早上…

嗚啊啊〜博多〜
原來是作夢啊〜

嗚嗚…真是嚇死我了…

從那天起…
博多和查古在我心中已成為
手心手背都是肉的心肝寶貝。

我的博查〜♡

一直到今天為止都是。

現在…有時反而會擔心。

但是我相信，

就算有一天會面臨短暫的離別…

你們一定還是會再相聚的。

回首過往的歲月，
總是用著同樣姿勢
互相依偎的姊妹倆，
要一直這樣在一起哦，
成為史上最長壽的貓咪姊妹吧！

最近越來越覺得身體漸漸承受不了咖啡的刺激，
決定要把咖啡戒掉。

很喜歡聞咖啡味的博多，

不可以，
這不可以吃，
你只能用聞的。

舔

↑
平時對咖啡的反應

但有個小傢伙則是完全相反。

波比也想聞聞看嗎？

？

噁一 好臭！！

每次只要刷完牙，就會跑來搶著聞牙膏味的博多和查古。

沒反應的巧可。

討厭牙膏味的波比。

只要聞到撒隆巴斯味就無法自拔的
博多。

不論是貼布型還是噴劑型，
她都愛。

落荒而逃的波比

喜歡柑橘味的博多。

而說到波比最喜歡的味道，

滾燙　滾燙

喵～　喵嗚

莫過於阿媽做飯時的烤魚味
或炸雞味…

真是，只對吃的
這麼有反應。

比博多還誇張的
小肥仔…

快快快～
我們快去
吃炸雞～

喵～　喵嗚

這樣看來，波比好像只對食物味感興趣。

（還有除了貓草或木天蓼這種提振精神類物質）

似乎是有著超級實用型嗅覺的小子。

嗅 嗅
嗅

哦…今天是…

白帶魚的味道！
白帶魚
白帶魚！！

喵嗚～

我也要～

不行啦，
這是辣燉白帶魚，
你不能吃。

喵～

反之，這裡還有兩隻是有著
完全不實用型的嗅覺…

踏一

舔

巧可則是喜歡我
一天左右沒洗的頭油味。

總之，
每隻貓都有各自偏好的氣味。

10.貓的初戀情人

前陣子，電視上介紹了一則故事。

2014年夏天。

咦？
怎麼有個寵物袋…

小八　公貓
2007年出生。

麻煩幫他找個
好主人吧。

究竟是什麼原因使貓主不得不遺棄相處7年的貓咪，
院方人員也只能大略推測。

之前有一位來過這裡幾
次的客人，說她的身體
不適，可能沒辦法再繼
續養貓了。

原本健康圓潤的小八，
發現自己被主人遺棄之後，
便開始拒絕進食。

幾個月下來，
他變得骨瘦如柴，
心也徹底封閉。

幸運的是，那幾個月期間，
臨時照顧者和院方人員都對他細心照料，
才得以保住他的性命。

如今，他不僅找到了新的家人，
心理和生理也奇蹟似地復原中。

本來還一直在擔心
小傢伙會不會出事呢…

可見當初他受到了多大打擊，

心理傷害有多深，才會連命都不想要了。

從剛會走路的時候開始，
就在我身邊一起生活的查古。

當初遇見時比查古還要年幼的巧可，
十多年來在我身邊和姊姊們吵吵鬧鬧地過生活。

…現在是在講我嗎？

博多則是在出生後5個月左右
經歷了需要換主人的命運。

雖然那是發生在博多非常年幼的時候，

而且在那之前就經常和我以及查古相處…

哇－
我又可以來
這裡玩了嗎？

嘿～

這傢伙又來了。

話說，
我可能要回老家幾天，
你有空就來我家幫忙
顧一下他們吧。

這是身為前主人的
義務嘿。

哦，好啊。

博多的前主人
L男

162

所以當時好像沒有太注意博多的心情。

而如今回想起來，
小小年紀的博多，
可能也花了不少時間
說服自己接受眼前的事實。

為什麼還不來
接我回去呢…？

還有波比也是，

小賴，
媽媽走囉。

當初在他8、9個月大的時候
是被人家領養5個月
又送回來的。

我到現在都還忘不了，
前主人將他帶來我們家
作最後道別時，

他那懵懵無知
被抱在懷裡
對著空氣踩踩的樣子。

唉…
這小子實在好天真，
竟然在這節骨眼
還可以踩踩…

不過，
也不知道是因為換了主人，
還是環境不一樣了，

幹嘛啦！

吓吶吶

掙扎 掙扎

他不是很喜歡被我抱。

呿，壞蛋。 嫌我髒嗎？

為什麼
都不在我懷裡踩踩？！

呼一

終於解脫了。

雖然相較於一起生活的時間，
那只是小時候一段短暫插曲，
但是那份初戀情人的記憶，
相信還是會留存在他們
心中的某個角落。

好啦，小子。
沒關係啦…

既然不願意
就不勉強囉

小時候和現在終究
是不一樣的～

就像是烙印在心裡一樣，
愛過的記憶，
害怕過的記憶…
都會那樣永遠保存。

別擔心，
我會守護你，
不再讓你心理受傷害。

隨著相處時間越長，
肩膀上的責任也就越重。

我這小小的領域

是他們的世界也是宇宙。

我絕對不能比你們先走…

自從家人變多以後，
我也比以前更懂得愛惜自己了。

不過話說回來…
養馬這件事…
真的該放棄嗎…

就算我真的養了，
感覺我也會
比馬先走…

還是要領養
一匹老馬？

那要準備
多少地才夠呢…

…而想像會一環接一環，
有時候也會偏離正軌…
總…總之…

現在已經是伴侶動物普遍化時代，

伴侶動物
〔Companion Animal〕

和人類共生的動物，尊重這些動物為人類所帶來的各項益處。
基於寵物並非人類的玩具之意而更名為如伴侶般生活在一起的動物，
1983年10月27日到28日期間，在維也納舉行的國際學術研討會上，
以人類和寵物之間的關係作為主題首度提出的新名詞。

（來源：斗山大百科）

對於動物的認知已經和以前大不同，

畜牲不外乎就是
牛啊、馬啊，
用來工作或看家的…
把他們養大
是為了宰來吃…
現在的人
生活過得比以前好了
才會說要養寵物
什麼有的沒的…

我們是
一家人～

養動物的人也越來越多了。

但是根據調查顯示，

和自己的伴侶動物過一輩子的人大約只有12%。

雖然有些是因為不可抗拒的因素導致不得不忍痛分離，

但有更多情況是只要努力

就可以克服的問題，卻輕言放棄。

很多人會說動物是自己的家人，
但或許從來就沒有打從心底這麼認為過，

如果真的是自己的伴侶動物，
真心將他們視為自己的家人，
守護他們一輩子就不會是特別偉大或了不起的行為，
而是再自然不過的事情…

這些都是我心中渴望擁有的伴侶動物，ㄎㄎ

完

11.可愛的波比

在我眼裡，

貓咪本身就是非常可愛的動物…

萌 ♡

但是在貓咪當中，

感覺波比又是屬於極度可愛的那一群。

你們可能會笑我
老王賣瓜…

但是理性、客觀地看，
真的是事實啊…
哼哼…

波比每次只要睡醒後走路，

就會把四肢伸得直挺挺，邊伸懶腰邊走路⋯

那模樣實在是⋯

太可愛了。

呼唷～

可愛死惹～

怎麼會
連走路
都那麼可愛⋯

還有就在前幾天…

喀沙
喀沙

咦…？
什麼聲音？

啪！
砰！！

客廳陽臺傳來了
一些聲響，

波比～！
你在陽臺
幹嘛～?！
又在調皮
搗蛋了吼？！

喀沙
喀沙

找到一根藏在陽臺
某個角落的老舊貓釣竿，
得意洋洋地將它叼回來的波比。

得意的波比實在很勾椎。

然後他最近養成一個新習慣，

每個夜晚，
只要一到被附身的時間…

波比就會跳上制高點，

明目張膽地呼叫我。

回頭

揮…

每次只要看著這傢伙圓滾滾的模樣，
加上行為舉止又特別可愛…

伸

伸

哈…　　　好可愛…

我就會頓時失去理智，
不自覺地發出娃娃音，
然後瘋狂撒嬌裝可愛…

吼唷～

波比鼻！

波比鼻！

波比鼻
為什麼可以
這麼口愛？

導致讓他看見了許多可怕的畫面。

想要觀賞實際影片的朋友，請用手機掃描旁邊的QR code。

12.我們的十二月

🐾 過冬準備 🐾

去年這個時候⋯

因為懶得把窗戶封起來，
許多讀者對於我住在冷颼颼的房間裡
（參考《我貓故我在》）感到不捨。

呼　呼

狗門

呼　呼

呃呃⋯
好冷啊⋯

唉，作者大人，
還是封起來吧。

也太誇張了吧，
為什麼要傻傻的忍受
風寒呢？

真是懶到
極致。

呃⋯
有這麼嚴重嗎⋯

好吧，我也是行動派的，好嗎？

今年冬天我會過得暖呼呼的，別太羨慕我嘿。

嘶一

我剪下了一小塊紙箱，把縫隙擋住，

甚至還加裝了窗簾！

190

但我也只不過是蓋上一塊厚
紙板，再多加一片窗簾…

奇怪，
房間怎麼這麼不冷？

聽說今天全國
寒流來襲耶…

早上起床時竟然因為太熱而踢被子…
鼻子也一點都不覺得乾…

好熱…

呼嚕…

幫我關電毯…

只開到
熱度最弱的1

或許因為還不到最冷的時候，
但是裝上窗簾的效果已明顯可見。

還有客廳也是…

玻璃窗
太單調了

不只我們滿意…

192

躲

嘿嘿～

貓咪們也非常滿意。

來抓波比唷～

嗚嚕～

只要每到晚上波比開始
和我玩躲貓貓遊戲時，

躲

就會第一個
先躲到窗簾後面。

總之，

我們的生活空間變得更溫馨也更有趣。

🐾 聖誕節 🐾

收藏在老舊紙箱裡的裝飾用品，

經歷過那麼多次的搬家…

最後還是沒有被丟棄，跟著我們來到了這裡。

我們家幾乎每年都會
布置聖誕樹。

以前沒有這種人工聖誕樹的時候，
還曾砍過家附近公墓的松樹來布置…
（我們做了違法行為…已深刻反省檢討T.T）

不只是聖誕樹，

就連掛在屋簷下的星星也是媽媽親手用竹子編的。

自從90年代我們家添購了人工聖誕樹以後，

一直到我長大成人，

每一年都是那棵聖誕樹點亮我們家。

就連在空盪盪草地上的溫室家裡，

媽媽也有布置聖誕樹。

味

啊～好冷～
哦？有聖誕樹？！

所以我現在還是會布置聖誕樹。

很久以前媽媽親自做的那顆星星，

哥哥放在床頭上送給我的禮物，

還有姊姊寫給我的聖誕卡片…

聖誕快樂-
明年要當個
聽爸媽話的
乖小孩喔。
－姊姊

以及在我最窮困潦倒的時期，
也沒有絕望的父母親…

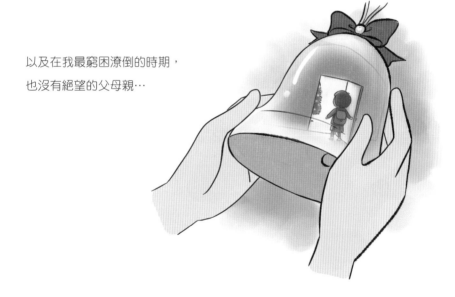

這些回憶，都可以透過布置聖誕樹，再次想起。

咦？

博多好像也很嗨。

高興的咧～

ㄎㄎ

她又不知道什麼是聖誕節…

嗒嗒嗒

哈哈～
胖子整個嗨起來啦～

鼻子都紅了…
變成麋鹿了　麋鹿！

可能看到閃閃發光的聖誕樹，
貓咪們也會開心吧。

喵～

…

沒差，
反正很多人也不是
真的瞭解聖誕節⋯

早已變成交換禮物、
情人約會的日子了⋯

出來啦，
小子。

就像在簡陋馬房裡的馬槽中
出生的耶穌一樣，
希望在一年當中最後的這個月份，
那些被忽略的小人物和小動物們，
都能夠獲得安慰與力量。

好吧，與其只用嘴巴說，
不如付諸行動捐一點錢給
慈善機構好了。

一半捐給人類團體
一半捐給動物團體

我要用我們
家貓咪的名義。

因為我是靠這些
寶貝養家餬口的。

某某銀行

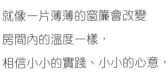

就像一片薄薄的窗簾會改變
房間內的溫度一樣，
相信小小的實踐、小小的心意，
一定也可以改變這世界的溫度。

夜裡，聽著平安夜歌曲，
看著閃爍的聖誕樹，
貓咪們陪伴在我左右，幸福無比。

完

13.一年又過去了

很久以前，

為了隔離貓咪們而設置的那些門，

現在已經變成幾乎都是開著的，

除非真的有需要才會關上。

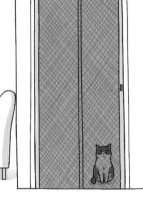

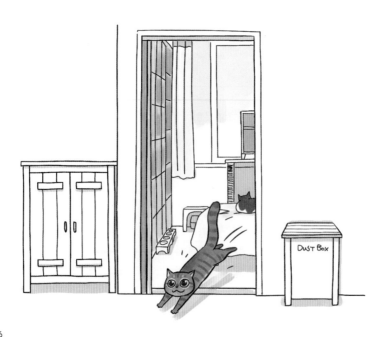

於是，每次只要關上客廳的門，

出去上完廁所的小傢伙，
明明只要像平常一樣從房間的窗戶進來就可以，
卻會像這樣到客廳來叫我開門。

而且小傢伙還會一直站在那裡，
用哀怨的神情不斷哭喊。

他們最近知道我不會幫忙開門，
所以頂多只會喵一聲試探我的反應，
不開就算了。

什…什麼情形…

唉唷我的媽呀…

好歹也先說一聲吧。

每次只要一打開貓咪止步的更衣間，

小傢伙們就會瞬間全部跟在後面搶著要進來。

不想從房裡出去的博多，
還會直接躺下賴著不走。

她很懂得善用她的肥胖。

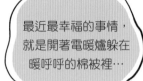

最近最幸福的事情，
就是開著電暖爐躲在
暖呼呼的棉被裡…

暖呼呼～

搭

咦…？

就這樣一年又過去了，
新的一年，我們要活得更健康快樂哦。

14.膽小的巧可

前陣子朋友送我的手工大豆蠟燭…

味道好香…

放桌上好了。

博多、查古和波比，
只要看到陌生的物品…

就會因為好奇而稍微瞭解一下⋯

但是只有巧可的反應不太一樣。

每次只要看見陌生物品，
就會受到驚嚇，
一定要用前腳拍打幾下確認沒事，
才會放下心來。

我想，
基本上家裡的每一項物品，
應該都被巧可呼過一兩下貓掌。

— 《危險的希望》金基石p.24

呃…

好…好吧…
那我還是自己
靜靜的看吧。

再念下去可能就
要被她呼貓掌了…

其實不只是陌生物品，

陌生的舉動也很容易使她受驚嚇。

唔嗚！

對不起，
是我今天太反常…

我受傷惹

呿，
本來想念書給你聽的…

剛剛那個人…
不是我媽咪…

討厭
竊竊私語

呼…

相較於體型，膽子超級無敵小的巧可。

完

231

哼。

一般來說，貓給人的印象是乾淨整潔…

高傲不羈…

稍微帶有一點冷酷的都會型女子…

喵室長看起來
真幹練…

點頭
點頭

但其實私底下是這副德性。

呆…

搔搔

轉身

噗

平常，

巧可也是屬於安靜乖巧…

美麗又難搞的那種

典型孤傲女形象…

但吃飯時會像在打仗一樣
狼吞虎嚥。

因此，

每次只要是這位小姐吃過飯的地方

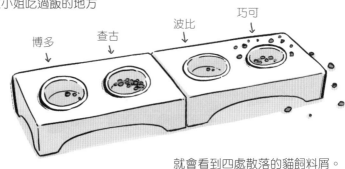

博多　　　查古　　　波比　　　巧可

就會看到四處散落的貓飼料屑。

唉一　　幸好家裡
　　　　沒有長螞蟻…

算了…比起她滑大便,
這已經是小case…

你在說我?

舔

波比雖然時時刻刻都在掉毛,

卻出乎意料外地有潔癖…

受不了骯髒!

掃　掃　掃

某位大姊的
嘔吐物

某位大姊

他因為年紀較輕，身手矯健，
不太會有大失誤…

咻!!

輕快

但又有什麼用呢，
天生就長這樣…

喘…

然後博多和查古…
有時會不小心踩空。

噠噠噠　　　　　　　　呼噠噠　　　呼噠噠

還記得有一天…
查古和博多正在追逐。

ㄏㄏ
小傢伙…

跳口羽起

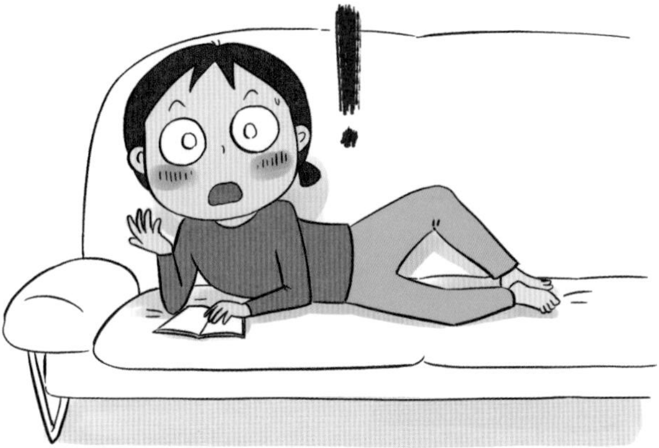

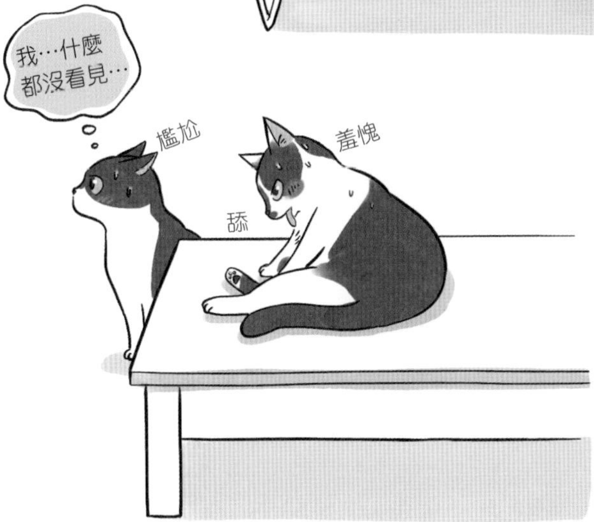

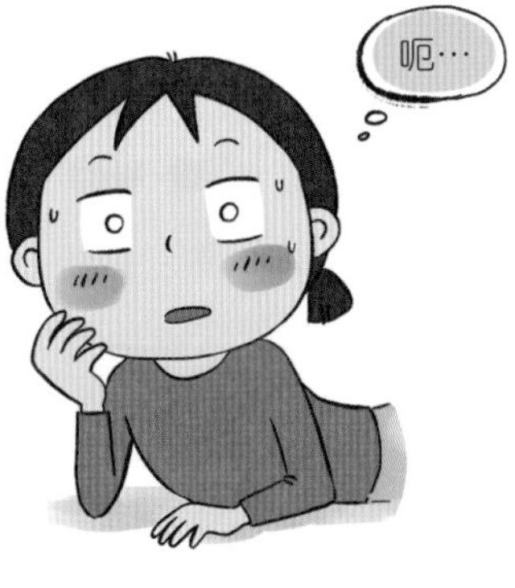

雖然當時很想關心查古…

但總覺得好像要先裝作沒看到。

另外還有一天是…

來清個大便吧～

哈…
多麼人性化的貓咪們啊。

只要一個不注意，
就很容易被查古搶走筆記本。

請她讓一下位置還會生氣

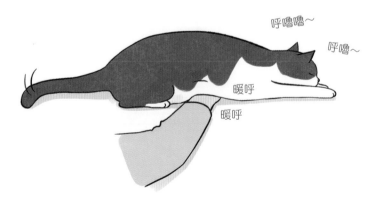

今天要熬通宵了…

天氣晴朗，陽光普照的白天…

窗邊的貓塔，
從上頭數下來第二層，
是查古最喜歡的位置。

呼啊啊

再下面那一層，
則是巧可的最愛。

開著窗戶的位置，
是充滿好奇心的波比
會第一個衝去的地方。

在那旁邊，貓廁上的粉紅貓墊，
同樣可以充分照射到陽光，
也是博多最喜歡的位置。

廚房牆壁前的收納櫃，
是讓飢餓的波比
隨時可以叫我的位置。

好～我知道了。
等一下啦，小子！

這傢伙
有夠吵。

快點
快點！

剛開始，博多和查古像磁鐵般
擠在一起使用的洞穴窩，

現在已成了巧可的地盤。

巧可喜歡
這裡嗎？

幸好那些善變的
姊姊們很快就
厭倦這裡了，
對吧？

而今年冬天，
博多和查古愛用的位置，
則是放在餐桌底下的貓隧道。

這些傢伙
真好命…

呼嚕

喜歡嗎？

剛好有鋪設地板暖房設備，
所以會熱熱的。

四隻貓一起吃飯時，

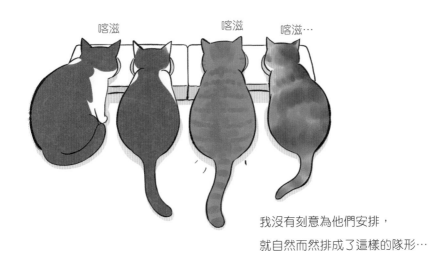

喀滋　　　喀滋　　喀滋…

我沒有刻意為他們安排，

就自然而然排成了這樣的隊形…

如果坐在書桌前工作比較長時間，
檯燈旁的書櫃就是波比的床。

幾年前…

組成貓咪們
可以躺的大小好了。

貓咪們上不去的家具
就不是家具。

…當初是如此費心
組裝的， 至少有一隻會使用已經感
到很欣慰。

然後我的右手邊也是
查古經常會使用的位置。

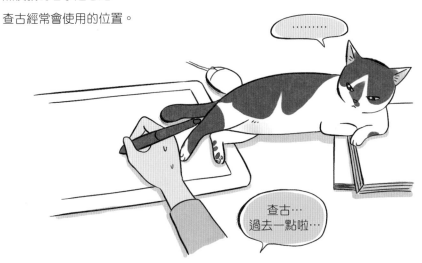

查古…
過去一點啦…

每當我站在洗手檯前…

噗啊！

噗啊！

觀望

就會跳進浴缸裡
看我洗臉的波比。

已經自然融入我的生活，
以及每個空間、
每個角落的小寶貝們。

好囉，來睡覺了。

拍
拍

喀啦

深夜裡，一起準備睡覺時，
每隻貓更是有他們
習慣的固定位置。

喜歡和我一起躺枕頭，
睡在我頭旁邊的
每次都是查古。

而雙腿中間的位置，永遠屬於博多。

床旁邊的貓塔頂端，或者
椅子上則是巧可的位置。

然後房門外的圓形貓抓板，
就是波比專屬的位置。

一起度過的無數個夜晚，
在那段期間早已習慣了
他們的固定位置。

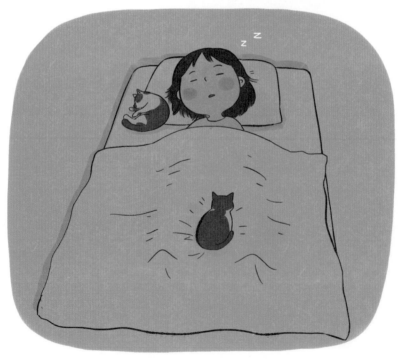

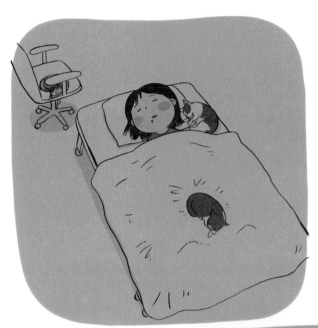

※波比是從小時候被送
　養前就睡在廁所前的腳
　踏墊上，五個月後重新
　領養時也依然睡在同一個
　位置，經過多年後的現在也
　還是喜歡睡在那一區。

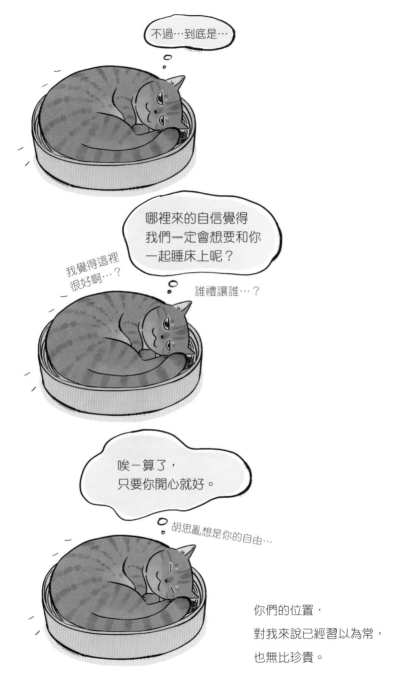

我的身邊總是有你們的位置，
你們的身邊則是我的位置。

一起來　好 019

只有貓知道

作　　者：蔡有利（채유리）
譯　　者：尹嘉玄
責任編輯：楊惠琪
製作協力：蔡欣育
總　編　輯：陳旭華
社　　長：郭重興
發行人兼出版總監：曾大福

編輯出版：一起來出版
發　　行：遠足文化事業股份有限公司
　　　　　www.bookrep.com.tw
地　　址：23141 新北市新店區民權路 108-2 號 9 樓
客服專線：02-22181417
傳　　真：02-86671065
郵撥帳號：19504465
戶　　名：遠足文化事業股份有限公司
法律顧問：華洋國際專利商標事務所　蘇文生律師
初版一刷：2018 年 1 月
定　　價：360 元

國家圖書館出版品預行編目 (CIP) 資料

只有貓知道 / 蔡有利著；尹嘉玄譯 .-- 初版 .--
　新北市：一起來出版：遠足文化發行, 2018.01
　　面；　公分 .-- (一起來好；19)
　ISBN 978-986-95596-2-1(平裝)

　　　　　　　862.6　　　106021656